AF310633

L'AUBERGE

DU PERROQUET,

OU

LA BARRIÈRE DES MARTYRS,

VAUDEVILLE EN UN ACTE, A TRAVESTISSEMENS ET A DEUX
ACTEURS ;

PAR MM. THÉODORE ET EDMOND ;

*Représenté, pour la première fois, sur le Théâtre
des Jeux Gymniques, le 26 Février 1812.*

PARIS,

CHEZ BARBA, LIBRAIRE, AU PALAIS ROYAL,
DERRIÈRE LE THÉATRE FRANÇAIS, N°. 51.

1811.

PERSONNAGES.　　　　　ACTEURS.

GIBLOTTE, tenant l'auberge du Perroquet, à la barrière des Martyrs............ { en Aubergiste. / en Perruquier. / en Maître d'escrime. / en Médecin. / en Femme. } M. LEFEVRE

JACQUOT, Cousin de Giblotte, et Fils de M. Sintaxe, Maître d'école au village des Vertus............M. KLEIN.

(La Scène est aux portes de Paris , dans l'auberge du Perroquet , à la barrière des Martyrs.)

Nota. Le Perroquet, en carton ou empaillé, doit être placé au-dessus de la deuxième coulisse, à la droite de l'acteur, et une personne placée dans la coulisse parle pour lui.

L'AUBERGE
DU PERROQUET,

OU

LA BARRIÈRE DES MARTYRS.

(Le Théâtre représente une Chambre d'auberge. Une grande cage, dans
laquelle est un perroquet, est suspendue à la deuxième coulisse à
droite du Théâtre. Sur l'avant-scène est une table avec papier, encre,
etc., un miroir et un pot-à-l'eau dessus.)

(Au lever du rideau, Giblotte est à moitié habillé ; il est occupé à se
grimer vis-à-vis du miroir.)

SCENE PREMIERE.

GIBLOTTE, *s'habillant.*

C'EST cela... Mettons la perruque... Là , à présent la
veste à la papa.... Me voici en état de recevoir le cher
cousin Jacquot... Son père, Monsieur Sintaxe, maître
d'école aux Vertus , m'a écrit qu'en dépit de ses remon-
trances , ce jeune homme veut quitter son village pour
habiter Paris... et comme il doit ce matin s'arrêter chez
moi en passant, il me prie de tâcher de le détourner de
son projet... Oh !.... ce bon oncle peut compter sur mon
zèle.... C'est lui qui m'a fait avoir l'auberge du Perroquet ,
que je tiens à la barrière des Martyrs, et je lui prouverai
ma reconnaissance, en lui renvoyant son fils... ou je ne
m'appelle pas Giblotte....

AIR : *Du ménage de Garçon.*

Je réussirai , je le gage ,
Puisque mon cher cousin Jacquot ,
A l'esprit simple du village,
Joint tout l'amour-propre d'un sot. (*bis*)
Ce nigaud saura , je l'espère ,
Acquitter le tribut qu'il doit.
Ne faut-il pas à la barrière
Que chaque bête paye un droit.

Ah!... cousin, vous êtes fatigué des Vertus, et vous voulez tâter de la capitale!... Je vous attends.... Les talens que j'ai déployés sur différens théâtres de société, m'assurent un triomphe complet, et mes anciens costumes vont me servir utilement... Ah!.. j'oubliais le bonnet de coton... la serviette sous le bras... Ainsi déguisé, il me prendra pour un de mes garçons.... J'ai donné le mot aux autres.... et....

JACQUOT, *au dehors.*

Comment! soixante-quinze centimes!...

GIBLOTTE, *regardant.*

Eh!... si je ne me trompe, voilà notre homme... Comme il est fait!... Que lui est-il donc arrivé?...

SCENE II.

GIBLOTTE, JACQUOT.

(Jacquot est tout mouillé; il tient un parapluie tout déchiré; il est sans chapeau; il a un serre-tête et des papillottes.)

JACQUOT.

Soixante-quinze centimes!... pour m'avoir décroché d'un arbre.... c'est exorbitant!...

GIBLOTTE, *riant.*

Aa! ah! ah!...

JACQUOT.

Oui, riez.... vous n'avez pas eu la pluie sur le dos.... ni été suspendu à un chêne.

GIBLOTTE.

Que vous est-il donc arrivé?

JACQUOT.

Ouf!... Écoutez ce récit-ci : je quittai le village des Vertus à huit heures trente-cinq, et insensiblement....

Air de la Trénitz.

Aussi fier qu'Azolan,
Plus brave que Roland,
Sur mon âne fringant,
Je m'en allois trottant:
Le plaisir m'enflâmait,
Le désir m'animait.

A Paris, pour venir,
Je me mets à courir
Mon coursier, hélas !
Fait un faux pas
Et je chancelle ;
Mon chapeau s'enfuit
Et bientôt mon manteau le suit.
Malgré mon dépit,
On rit
De me voir, sur ma selle,
Le chef découvert,
Tenant mon parapluie ouvert.
Soudain
En chemin,
Vient une bourasque nouvelle,
Et pour ce coup-ci,
Mon parapluie en souffre aussi.
Mais, ô malheur plus grand !..
Mon âne au même instant,
Prenant le mors aux dents,
Va plus fort que les vents.
Je veux le contenir ;
Mais, pour le retenir,
Tremblant de tout mon corps,
Je fais de vains efforts.
Ce meuble en passant, (*Il montre son parapluie*)
S'accroche à la branche d'un chêne,
Mon bras vainement
Arrête mon baudet courant.
L'animal, fuyant
Et me désarçonnant sans peine,
S'enfuit éperdu
Et me laisse en l'air suspendu.
On doit concevoir
Tout mon désespoir
Et ma gêne ;
Un seul geste, hélas !...
Et je tombais du haut-en-bas.
Mais un passant humain
Me décroche à la fin.
J'en dois bénir le sort :
Car sans lui j'étais mort ;
Il me conduit ici,
J'arrive, dieu merci,
Et si
L'âne est perdu, du moins, moi me voici.

GIBLOTTE.

Je vous en fais mon compliment.

JACQUOT.

Il n'y a pas de quoi.... Enfin ce n'est pas sans peine que

je suis parvenu jusqu'ici.... Je me suis d'abord adressé
au Bœuf-Rouge, pour demander mon cousin Giblotte.

GIBLOTTE.

Ah! c'est Monsieur Jacquot à qui j'ai l'honneur de
parler.

JACQUOT.

En personne naturelle... fils de Boniface-Ignace Sintaxe,
maître d'école aux Vertus.... Mon cousin est-il au logis ?

GIBLOTTE.

Non, il est allé à Sarenne faire un achat de vin.

JACQUOT.

Il a bien pris son temps, car il pleut à verse.

Air : *J'aime ce mot de gentillesse.*

Mon cousin pour se mettre en route,
Eut pu choisir un tems plus beau....

GIBLOTTE.

Vous voulez plaisanter, sans-doute,
Un marchand de vin craint-il l'eau ?..

JACQUOT.

C'est vrai .. Bien que la pluie abonde,
De ses tonneaux , le cher cousin,
N'a qu'à faire sauter la bonde,
Et pour lui cette eau tombe en vin.

GIBLOTTE.

On dirait que vous connaissez le métier.

JACQUOT.

Son absence me contrequarre.

GIBLOTTE.

Nous pouvez l'attendre.

(Le Perroquet dit : « *As-tu déjeuné Jacquot ?* »)

JACQUOT, *à part.*

Ce garçon est bien familier. (*haut.*) Comment as-tu ?...
non , certainement, je n'ai pas....

GIBLOTTE.

Quoi ?...

JACQUOT.

Déjeûné.... et si vous vouliez....

GIBLOTTE.

De tout mon cœur. Que désirez-vous ?

JACQUOT.

Ma foi.... une omelette.

GIBLOTTE.

Nous n'avons pas d'œufs.

JACQUOT.

Vous n'avez pas d'œufs ?... eh bien ! faites-la au lard.

(Le Perroquet dit : « *Ah ! qu'il est donc bête !* »)

GIBLOTTE, *riant.*

Ah !...ah !...ah !...

JACQUOT.

Ah !...ça, Monsieur le garçon , vos incivilités me dé-
plaisent...insensiblement je pourrois me fâcher ; mais j'ai
faim et je n'ai pas le temps de disputer...allez me chercher
des comestibles.

GIBLOTTE.

Volontiers ; mais je dois vous prévenir qu'il est d'usage
ici de faire payer d'avance.

JACQUOT.

C'est-à-dire qu'il faut, à la barrière des Martyrs , que je
sois victime de la défiance...puisque vous l'exigez...voilà
un franc...

GIBLOTTE.

Vous voulez rire...nous ne donnons pas à manger à
moins de 3 francs par tête.

JACQUOT.

Eh bien ! j'irai loin avec les 39 francs 12 sols 40 centimes
que j'ai dans ma bourse !

GIBLOTTE, *à part.*

Voilà qui est bon à savoir.

JACQUOT.

Voici donc 2 francs de plus.

GIBLOTTE.

J'ai de quoi vous satisfaire.

Air : *Ah ! d'une science inutile.*
Dans la cour j'ai de la volaille,
Et des pigeons dans le grenier...

JACQUOT.

Dépêchez-vous , de faim je baille...

GIBLOTTE.

Plus, des lapins sous l'escalier,
Dans la volière des mauviettes ,
Quelques moutons dans le verger...
Enfin, je nourris bien des bêtes...

JACQUOT.

Mais donnez-moi donc à manger.

GIBLOTTE.

Justement. J'ai un dindonneau...je vais vous mettre à la
broche. (*Il sort.*)

JACQUOT.

Je grille...d'impatience.

SCENE III.

JACQUOT, *seul.*

En attendant mon déjeûner, réfléchissons...Je suis donc
à un myriamètre environ du toît paternel...aux barrières de
cette cité si justement citée. Avant que de pénétrer dans son
intérieur , les liens du sang me font un devoir de séjourner, à
Montmartre, près de mon cousin....là, loin de la discipline
écolière, je puis passer quelques jours sereins à l'Auberge du
Perroquet...d'ailleurs , la Renommée m'a appris que le bal
de l'Ermitage est prêt d'ici...je pourrai visiter ce lieu
champêtre , en évitant cependant les dangers des jeux-
innocens qui, dit-on, s'y rencontrent.

Air: *Que d'établissemens nouveaux.*

Aux chevaux de bois je craindrais,
En tombant d'aller ventre à terre.
La balançoire a des filets
Que j'éviterai, je l'espère.
Je me blouserais au billard.
Au jeu de boule, quelques drilles
Pourroient peut-être, par hasard,
Prendre mes jambes pour des quilles.

Et insensiblement, en me riant au nez, chacun diroit :
(Le Perroquet dit : « *Bon jour, Jacquot.* ») Hem ! on m'a
nommé. (Le Perroquet répète , « *bon jour, mon petit
Jacquot.* ») Tiens, c'est ce volatile...il est évident qu'il me
connaît...Bon jour , mon petit ami , bon jour...c'est pro-
bablement votre portrait qui est peint sur l'enseigne du
cousin. (Le Perroquet dit , *oui , oui, oui, oui.*) Elle est
aimable , cette innocente créature .... (Le Perroquet :
« *Donne la patte , Jacquot.* ») Sans doute il veut me donner
une poignée de main. (Il passe son doigt à travers les bar-
reaux de la cage. Le Perroquet le mord.) Aye !...ah !...
c'est mal pour une connaissance. J'entends quelqu'un...Je
vais me plaindre. (*Il menace du doigt le Perroquet.*)

SCENE IV.

JACQUOT , GIBLOTTE , *en Perruquier.*

JACQUOT , *tout en regardant le Perroquet.*

Vous arrivez à propos.

GIBLOTTE , *tirant son cuir et ses peignes.*

Monsieur a besoin de mon ministère ?...

JACQUOT.

Tiens , je vous prenais pour le garçon.

GIBLOTTE.

Qu'est-ce à dire , garçon ?...Je suis maître perruquier ,
et me nomme Rasoir, connu dans tout le faubourg Montmartre pour la coupe des cheveux.

JACQUOT.

Ah !...vous êtes tailleur...de cheveux...

GIBLOTTE.

Un peu...je m'en flatte...M. Giblotte que je viens
coëffer , pourra vous l'attester...

JACQUOT.

Il est sorti...mais en l'absence de sa tête, si vous vouliez
donner un petit coup à la mienne...

GIBLOTTE.

Volontiers...je vais vous faire une aile de pigeon...qui
sera aux oiseaux.

L'Auberge du Perroquet.   2

JACQUOT.

Je ne donne pas dans votre aile...

GIBLOTTE.

Sachez, Monsieur, que ma maison est connue pour les boucles à crochets, et que l'on fait tous les jours queue chez moi.

JACQUOT.

Ne vous fâchez pas...je veux bien le croire...mais : écoutez mes raisons...

GIBLOTTE.

Pas de raisons...je suis violent, je vous en avertis.

Air *du rémouleur et de la meunière.*

Si quelqu'impertinent m'agace,
Ou quelque sottise me fait,
D'abord je lui saute à la face,
Ou le saisis par le toupet;
Puis d'une main ferme et subtile,
Pour étourdir l'audacieux,
Je sais en perruquier habile,
Lui jetter de la poudre aux yeux.

(*Il jette de la poudre à Jacquot.*)

JACQUOT.

Prenez donc garde...insensiblement, vous gâtez mon habit.

GIBLOTTE, *continuant.*

Ah !... vous ne voulez pas que je vous coëffe...

JACQUOT.

Mais si fait, je ne demande pas mieux.

GIBLOTTE.

Eh !...que ne parliez vous plutôt?

JACQUOT.

Dame! Monsieur Rasoir, vous me coupez le sifffet...à chaque parole...Je voulais vous dire que je préfère me faire mettre à la Titus.

GIBLOTTE.

A la bonne heure.

Air : *Pégase , etc.*

Vous verrez comme je m'escrime;
Je suis connu des merveilleux ,
Et dans le transport qui m'anime,
Je vais vous saisir aux cheveux.

JACQUOT.

Vous me faites frémir d'avance. . . .
Pourquoi prendre cet air méchant? . . .
Pour inspirer la confiance,
Rasoir, quittez ce ton tranchant.

GIBLOTTE.

C'est celui des artistes de la capitale. Il faut prendre un
air important pour se faire une réputation. . . mais procédons
à l'opération de votre tonte. . . placez-vous sur cette chaise.
(*Jacquot s'assied.*)

JACQUOT , *ôtant son serre-tête*

Surtout , ne me coupez pas les oreilles trop courtes.

GIBLOTTE.

Comment , les oreilles ?

JACQUOT.

Les faces , s'entend.

GIBLOTTE , *lui coupant les deux faces et la queue.*

Une. . . deux. . . et trois. . . en trois temps c'est fini. . .

JACQUOT.

Vous êtes expéditif. (*Il se regarde dans le miroir.*) Ah !
mon dieu! que je suis laid !. . . j'ai fait une sottise de me faire
tondre. . . quand papa me verra comme ça , il me lavera joliment la tête. . .

GIBLOTTE , *mouillant une serviette.*

C'est un soin dont je charge. (*Il lui frotte la tête et lui
enlève adroitement sa perruque , de manière à ce qu'il reste
réellement à la Titus.*) Regardez-vous maintenant. . . voyez
cette crête de coq. . .

JACQUOT , *se regardant.*

Comme je suis mouillé. . . me voilà joli canard. . . avec
votre crête de coq, j'ai l'air d'un dindon en colère.

GIBLOTTE.

Vous êtes coëffé à l'air de votre figure.

JACQUOT.

En ce cas, Monsieur Rasoir, il me reste bien à...

GIBLOTTE.

Me payer.

JACQUOT, *à part, posant la main sur sa tête.*

Voilà qui me défrise.

GIBLOTTE.

Il est une légère rétribution de 6 francs.

JACQUOT.

Qu'est-ce que vous dites 6 francs ?...

GIBLOTTE.

C'est un prix fait comme des petits pâtés...

JARQUOT.

Diable !...les petits pâtés sont chers dans ce pays-ci.

GIBLOTTE.

Monsieur, vous savez que je n'aime pas les plaisanteries.

JACQUOT.

Je vous entends...tenez voici votre argent...laissez-moi tranquille.

GIBLOTTE.

A l'occasion, je me flatte que vous vous souviendrez de moi.

JACQUOT, *avec humeur.*

Allez vous promener.

GIBLOTTE.

C'est aussi ce que je vais faire. (*Il sort.*)

SCÈNE V.

JACQUOT, *seul.*

Encore un déficit de 6 francs pour ma bourse...si cela continue, on ne me verra pas manger mon argent à Paris ; car j'y entrerai le gousset vide....mais en parlant de manger...le garçon ne m'apporte pas vîte. (Le Perroquet dit : « *du rôt du mouton* ».) Et non, bavard, c'est du dindon que j'ai demandé...Je crois que l'on se moque de moi. (Le Perroquet dit : *Pauvre Jacquot.*) Vous êtes bien heureux vous Monsieur le Perroquet....vous avez votre ration de biscuit...oh !...comme il est plumé ce pauvre oiseau...ah ! je vois ce que c'est.

Air de la cinquième édition.

On m'a dit que maints beaux esprits,
A Montmartre prirent naissance ;
Avant que d'entrer dans Paris ,
Ils vinrent ici , je le pense ;
 Et là , sans se vanter du fait ,
Plusieurs d'entr'eux , je le présume ,
A l'aile de ce Perroquet,
En passant ont pris une plume.

Avec tout ça , je sens qu'insensiblement mon apétit augmente et que mes forces diminuent. Il faut appeler, car c'est bête de me laisser ainsi périr d'inanition... Garçon... gar... tiens ! à présent quel est cet homme.

SCENE VI.

JACQUOT, GIBLOTTE , *en maître d'escrime ayant deux fleurets sous le bras.*

GIBLOTTE.

Serviteur, Monsieur.

JACQUOT.

Monsieur.. je... j'ai... certainement... (*à part*) Quel est cet individu ?

GIBLOTTE, *lui présentant la main.*

Touchez là , Monsieur Jacquot.

JACQUOT.

Monsieur, je n'ai pas celui de vous avoir jamais vu...

GIBLOTTE.

Nous ferons connoissance les armes à la main.

JACQUOT *effrayé.*

Qu'entendez-vous par ces paroles ?

GIBLOTTE.

Que je suis maître d'escrime... Mon nom est Courtepointe , et je viens , de la part de mon ami Rasoir , vous

donner une leçon d'armes... Comme un jeune homme qui
arrive à Paris, est exposé à des petites mystifications, il
faut qu'il soit en état d'en demander raison.

JACQUOT.

Il n'y a pas de raison qui pourrait me déterminer à me
battre... Mais j'avoue que je ne serais pas fâché d'ap-
prendre à manier l'épée... ne fût-ce que pour la tenue du
corps.

GIBLOTTE.

Eh bien ! en position.

(Il lui donne un fleuret.)

Air : *Ma tendresse est une folie.*

Jeune homme mettez-vous en garde,
C'est ainsi qu'il faut se placer.
(*Il le place, et se met en garde.*)

JACQUOT.

Surtout, Monsieur, prenez bien garde,
Votre fleuret peut me blesser.

GIBLOTTE.

Une, deux, trois,

JACQUOT, *parant les coups.*

A qui la gloire?...

GIBLOTTE.

Bien défendu....

JACQUOT.

Bien attaqué....

GIBLOTTE.

Quatre, cinq, six. (*Il se découvre.*)

JACQUOT, *lui portant une botte.*

J'ai la victoire.
Voilà Courtepointe piqué. (*bis.*)

Ouf! que je reprenne haleine.

GIBLOTTE.

Allons, vous n'êtes pas trop gauche.

JACQUOT.

Cela n'est pas étonnant, je tenais mon épée de la main
droite.

GIBLOTTE.

Voyons ma revanche. (*Ils se remettent en garde.*)

Air *du Pas redoublé.*

Défendez-vous.... (*Il le pousse vivement.*)

JACQUOT.

Trop rudement.
Votre fleuret me pousse.

GIBLOTTE.

Parez tierce, quarte....

JACQUOT.

un moment,
Attendez que je tousse.

GIBLOTTE.

En quinte, je me fends sur vous.

JACQUOT, *recevant la botte.*

Ma poitrine est atteinte....
Si vous ne respectez ma toux,
J'expire de la quinte.

(*Il laisse tomber son fleuret.*)

GIBLOTTE.

Êtes-vous content ?

JACQUOT.

Non, ma foi.

GIBLOTTE.

Eh bien ! recommençons.

JACQUOT.

Bien obligé.

GIBLOTTE.

Sans doute vous n'oublierez pas la leçon ?

JACQUOT.

Non, je m'en souviendrai.

GIBLOTTE.

Je veux dire les douze francs qui me sont dus.

JACQUOT.

Comment ! il faut que je vous paie pour m'avoir battu ?

GIBLOTTE.

C'est l'habitude.

JACQUOT.

Je ne puis m'habituer à cette habitude là.

GIBLOTTE.

Je vois qu'il va falloir nous fâcher. ... eh bien ! tant
mieux ; notre querelle , selon l'usage , se terminera par un
bon déjeûné.

JACQUOT.

En ce cas, fâchons–nous , car j'ai grand appétit.

GIBLOTTE.

Oui ; mais c'est vous qui paierez l'écot , et vous ferez
mieux de me donner mes douze francs.

JACQUOT, *payant.*

Il faut s'y résigner , souffrir et se taire.

GIBLOTTE.

Vous souffrez ?.. Je vais vous envoyer un médecin qui
loge ici près , rue des Martyrs.... il ne vous fera pas lan–
guir. (*Il sort.*)

SCENE VII.

JACQUOT, *seul.*

(*Il s'assied.*) Je n'en puis plus.... J'ai vu le moment où
insensiblement il m'expédiait pour l'autre monde ; mais je
n'ai reculé que pour mieux sauter . puisqu'il va m'envoyer
un médecin, qui me parlera un langage que je ne com–
prendrai pas , si ce que papa m'a dit est vrai.

Air *de Mariane*

« Jacquot , me disait ce bon père,
« N'écoute pas les médecins ;
« Leur science est trop meurtrière,
» Leurs remèdes trop incertains.
    » Fuis les secours ,
    » Et les discours
» De ces savans réunis en cohortes ,
    » Le plus malin,
    » Voudrait envain,
» Te parler grec , ou te parler latin,
    » En s'exprimant de mille sortes ;
    » Ces Messieurs grâce à leur talent ;
    » Des langues vivantes, souvent,
    » Nous font des langues mortes. »

Cependant il ne faut pas s'effrayer d'avance.... Je ne
suis pas si.... (*le perroquet dit : Colas.*) Hem !... ah ! c'est

le perroquet.... Insensiblement je me ferai à son jargon.....
Douce créature, tu grignottes tes alimens, tandis que moi
je jeûne en attendant mon déjeûné.

GIBLOTTE , *en dehors.*

Hum !... où est-il ce jeune homme ?

JACQUOT.

Ah ! mon Dieu ! c'est déjà le médecin.... Il vient sans
doute de visiter ses malades , car il est en deuil.

SCENE VIII.

JACQUOT, GIBLOTTE, *en médecin.*

GIBLOTTE.

Pardon , Monsieur, si je ne suis pas venu plutôt à votre
secours.

JACQUOT.

Monsieur , je me serais bien passé de votre visite... Je me
porte comme un ange.

GIBLOTTE.

Voyons votre poulx..... pas de fièvre..... c'est bien malheureux !...

JACQUOT.

Je ne m'en plains pas.

GIBLOTTE.

Votre état cache une maladie grave , Monsieur.

JACQUOT.

Vous me faites trembler !..

GIBLOTTE.

Je la découvrirai.

Air *de Lantara.*

Disciple du grand Hyppocrate,
Je suis ses leçons tous les jours,
De plus d'un succès je me flatte,
Dans la ville et dans les faubourgs,
Chez nos docteurs je tiens le premier grade ;
Pour guérir je suis sans rival ;
Dussé-je enfin emporter le malade,
Il faut que j'emporte son mal.

JACQUOT.

Entendons-nous .. Je ne me soucie pas que vous m'emportiez, car insensiblement...

GIBLOTTE, *examinant Jacquot.*

Vous déraisonnez... O ciel ! que vois-je ?..

JACQUOT.

Quoi donc ?...

GIBLOTTE.

Vous avez les yeux hagards, égarés.... Le sang vous porte à la tête.... N'auriez-vous pas trop mangé ?

JACQUOT.

Bien au contraire, je suis à jeun depuis huit heures.

GIBLOTTE.

Alors c'est l'effet du besoin... Malheureux jeune homme ! dites-moi : de quelle couleur voyez-vous mon habit ?

JACQUOT.

Parbleu !.. noir.

GIBLOTTE.

Je l'avais prévu... Grand Dieu !.. L'infortuné a le rayon visuel attaqué.

JACQUOT, *pleurant:*

Ah ! là, là... mon Dieu !

GIBLOTTE, *fouillant à sa poche.*

Ne vous affligez pas, mon ami; j'ai précisément sur moi certaines lunettes qui vous feront voir les objets tels sont. (*Il lui donne une paire de lunettes.*) Mettez les, et vous verrez que mon habit est vert et non pas noir.

JACQUOT, *ayant les lunettes.*

Ah !.. c'est étonnant !.. Ma vue revient insensiblement.

GIBLOTTE.

Ayez donc confiance en moi.

JACQUOT.

Je vois bien que vous êtes mon véritable ami.

AIR : *C'est à mon maître en l'art de plaire.*

Je n'avais d'ami sur la terre
Que mon estimable baudet;
Mais en venant de chez mon père,
Cet animal m'a quitté net.

Si j'ai pleuré la pauvre bête,
Du destin je brave les coups;
Car cet ami, que je regrette,
Je vais le retrouver en vous.

GIBLOTTE.

Cet aveu d'un cœur naïf et sans détour me flatte beaucoup et. m'oblige à vous donner le conseil de quitter cet endroit au plutôt; l'air que vous y respirez échouffe considérablement votre sang.

JACQUOT.

Je croyais cependant que le voisinage de Montmartre...

GIBLOTTE.

Eh ! mon ami, plusieurs de mes confrères y demeurent et ne s'en portent pas mieux pour cela.

JACQUOT.

Je préférerais, s'il était possible, que vous me fissiez prendre quelque chose.

GIBLOTTE.

Eh bien ! prenez une femme ; c'est le seul remède qui puisse calmer le grand feu que je remarque en vous.

JACQUOT.

Je ne demande pas mieux ; mais où en trouver une comme cela tout de suite ?

GIBLOTTE.

Je connais près d'ici une aimable personne.

JACQUOT.

Faites la venir sans tarder.

GIBLOTTE.

Je vais la prévenir....Ah ça, je n'ai pas besoin de vous dire que vous me devez 18 francs, pour ma visite.

JACQUOT, *à part.*

Haïe !.. (*haut*) M. le Docteur, je ne suis guère en fonds pour la minute ; ne pourriez-vous pas revenir dans un autre quart-d'heure ?

GIBLOTTE.

Je ne reviens jamais deux fois chez mes malades... si vous ne voulez pas me payer,...je reprends mes lunettes...

JACQUOT.

Non pas, que deviendrais-je...voilà vos 18 fr.

GIBLOTTE.

Mille remercimens... Je vais vous envoyer votre belle...
Adieu, mon cher ami... buvez de l'eau chaude et faites diette.

(*Il sort.*)

SCENE IX.

JACQUOT, *seul.*

C'est ça... de l'eau chaude et des lunettes..............
en voilà pour 18 fr... et il ne me reste plus que 25 cent. des
40 fr. que j'avais dans ma bourse... Insensiblement mon argent s'est enfui et me voilà... Je suis là, moi... ah!.. bah !..
ne pensons plus aux absens , laissons mes écus et occupons-
nous de la femme que mon docteur m'a proposée... Depuis
longtems je désire connoitre l'amour... c'est une bonne occasion.

AIR *de la Parole.*

L'amour est un enfant trompeur ,
Nous répête chaque fillette ;
C'est un aveugle , un suborneur ,
A qui l'on doit payer sa dette ;
Mais il a tant d'autres appas ,
Qu'en dépit de maintes sornettes ,
De ce Dieu , je suivrai les pas ;
Et comme on dit qu'il n'y voit pas ,
Je lui prêterai , (*bis*) mes lunettes. (*bis*)

Je ne crains plus qu'une chose , c'est que ma tourterelle
n'ose pas venir s'exposer aux regards d'un jeune homme
entreprenant... J'ai envie d'aller au-devant d'elle , oui, mais
je ne sais ni son nom ni sa demeure. C'est égal je deman-
derai son adresse. (*Il fait quelques pas*) Eh ! mais je vois
une grande dame qui vient ici... C'est peut-être ma pré-
tendue... Prenons une tenue prépondérante.

SCENE X ET DERNIÈRE.

JACQUOT, GIBLOTTE, *en femme, un éventail à la main.*

GIBLOTTE.

Monsieur , pourriez-vous me dire si c'est ici Monsieur
Giblotte ?

JACQUOT.

Comme vous dites, Madame; mais mon cousin n'y est
pas.

GIBLOTTE.

Ah ! vons êtes son cousin germain, peut-être ?...

JACQUOT.

Non pas Germain, mais Jacquot.

GIBLOTTE.

Monsieur, je suis Mademoiselle Hélene Cotonnet, marchande de bas, rue Coquenard, et dont M. le Docteur vous
a parlé.

JACQUOT.

Quoi, vous seriez la femme ?

GIBLOTTE, *timidement.*

Oui, Monsieur.

JACQUOT, *à part, regardant avec ses lunettes.*

Elle me paraît verte, très-verte, cette jeune personne là.,
(*haut*) et bien femme comme on n'en voit pas. Puis-je es-
pérer qu'insensiblement vous serez sensible à mon état ?

GIBLOTTE, *baissant les yeux.*

La question est embarrassante... mais je compte assez
sur votre bon goût, pour être persuadé que vous m'épou-
serez....

JACQUOT.

Certainement, puisque le docteur m'a ordonné de me
marier sans délai pour recouvrer la vue.

AIR : *Qu'on soit jaloux dans sa jeunesse.*

Oui, ma guérison toute entière,
Dépend de vous ma belle enfant....

GIBLOTTE.

Quoique privé de la lumière,
Je vous aimerais tout autant ;
Si vous alliez n'y plus voir goutte,
Je n'en prendrais pas de souci :
Car un homme aveugle, sans doute,
Doit toujours faire un bon mari.

JACQUOT.

Quel noble dévouement ! ah ! concluons tout de suite.

GIBLOTTE.

Il faut, avant, que j'aille consulter ma sœur cadette.

JACQUOT.

C'est juste ; allez donc, et revenez insensiblement combler mes vœux.

GIBLOTTE.

Oui ; mais, comme pendant mon absence vous pourriez changer de résolution, j'exige que vous signiez ce dédit de cent francs que je porte toujours sur moi, depuis que je cherche un mari.

JACQUOT.

Bien volontiers. (*Il signe et lui rend le dédit.*)

GIBLOTTE, *à part.*

Je le tiens.... (*Haut.*) C'est que comme j'ai déjà été enlevée deux fois...

JACQUOT.

Vous avez été enlevée deux fois !

GIBLOTTE.

Oui, la première par un hussard, et la deuxième par un chantre de Saint-Roch.

JACQUOT.

Je ne veux pas vous épouser.

GIBLOTTE.

Le dédit est signé.

JACQUOT.

Suis-je assez malheureux !...encore, si mon cousin étoit ici...mais j'espère qu'il arrivera assez tôt...

GIBLOTTE, *quittant ses habits de femme.*

Pour se moquer de toi...

JACQUOT.

Rêvais-je !...ou dormais-je !... (*Il ôte ses lunettes.*) Quoi c'est vous mon cousin Giblotte ?

GIBLOTTE.

Moi-même ; qui me suis amusé à tes dépens.

JACQUOT.

Comment , il se pourrait ?...

GIBLOTTE, *prenant l'accent du Perruquier.*

Monsieur a-t-il besoin de mon ministère ?...

JACQUOT , *étonné.*

Vous étiez le Perruquier !

GIBLOTTE, *avec l'accent du Maître d'arme.*

Je me nomme Courtepointe...en garde.

JACQUOT , *de même.*

Le Maître d'armes !...

GIBLOTTE , *avec l'accent du Medecin.*

Faites diette , et buvez de l'eau chaude.

JACQUOT , *de même.*

Le Docteur !...

GIBLOTTE , *faisant la révérence.*

Hélène Catonnet , marchande de bas , rue Coquenard.

JACQUOT.

Ah !... que j'ai été bête !...

GIBLOTTE.

Oui , mon cousin...et je n'ai usé de ce stratagème que pour t'empêcher , en te prenant ton argent , d'aller dans une ville où les sots jouent toujours un triste rôle...

JACQUOT.

Au moins vous déchirerez le dédit , et vous me rendrez mon numéraire.

GIBLOTTE.

Oui , si tu consens à retourner à ton village.

JACQUOT.

Je ne demande pas mieux , car j'en ai vu aujourd'hui de toutes les couleurs.

J'ai fait une grande imprudence,
En quittant ainsi mon pays ;
Mais de mon inexpérience,
En ce jour, je reçois le prix.
Paris et ses plaisirs factices,
Maintenant ue me tentent plus ;
Et pour fuir à jamais les vices,
Je vais retourner aux Vertus.

GIBLOTTE.

Auparavant, allons manger le dindon que tu as com-
mandé.

JACQUOT.

Il m'en a joliment cuit tendis qu'il cuisait....Je me rap-
pellerai de l'auberge du Perroquet, et...insensiblement de
la barrière des Martyrs.

VAUDEVILLE.

Air : *Je n'ai plus qu'un mot à vous dire.*

JACQUOT.

Lorsque mon cher cousin me joue,
De me fâcher j'aurais grand tort,
Car dans mes projets si j'échoue,
Je n'en accuse que le sort.
Quand séduit par mes espérances,
Ici, je cherchais les plaisirs,
Je n'ai trouvé que des souffrancs,
A la Barrière des Martyrs.

GIBLOTTE, *au public.*

Le martyr d'un auteur qu'on juge,
Est le bruit aigu du sifflet.
Si l'indulgence est son réfuge,
Il tremble moins sur son arrêt.
Notre auteur attend du parterre,
Le jugement qu'il doit subir.
Lorsqu'il n'a cherché qu'à vous plaire,
N'allez pas en faire un Martyr.

FIN.

9 782329 063294